KB268584

우리 시대 현대시조 100인선 28

야산(野山)

정 하 경

태학사

우리 시대 현대시조 100인선　28

야산(野山)

초판 인쇄 2000년 12월 28일 • 초판 발행 2001년 1월 1일 • 지은이
정하경 • 펴낸이 지현구 • 펴낸곳 태학사 • 주소 서울시 서초구 서초
2동 1357－42 • 전화 (02) 584－1740 (代) • 팩스 (02) 584－1730 • e-mail
thaehak4@chollian.net • http://www.thaehak4.com • 등록 제22－1455호

ISBN　89-7626-607-2　04810 • ISBN　89-7626-507-6　(세트)

ⓒ 정하경, 2001
값 5,000 원

☞ 저자와 협의하에 인지를 생략합니다.
☞ 파본은 구입한 곳이나 본사에서 바꾸어 드립니다.

민족시 백일장 심사 후, 이은상 선생을 모시고 경복궁에서 시우들과 함께(1980)

현대문학상 시상식장에서 축하를 받고 있는 필자 내외(1990)

분재로 가득한 향리 고가의 뜰에서 가족과 함께(1995)

무넘이 일본어문학 동호회 회원들과 함께(2000)

차례

제1부 꿈 많고 잠 얕은 밤

제1부 꿈 많고 잠 얕은 밤

아기

1

항용 세상을 보되 눈과 귀로 하는 법을

아기는 무엇이든 일단 입에 갖다 댄다

찡그려 뱉기도 하고 오물거려 빨기도 하고

흐리고 어룽지고 무디어진 이 눈으론

감히 미칠 수 없고 어림조차 못 할 일을

놀랍다 순수의 힘이란 때 안 묻은 예지란

2

젖병 들어 보여 줘야 거들떠도 안 보다가

먹을 생각 날 양이면 제가 아쉬울 양이면

반가워 울음 반 웃음 반 손 내밀고 달려들지

다가오다 급한 김에 아무데나 벌렁 누워

입에 물려 주기만을 얌전하게 기다리네

깨물어 주고 싶어라 거짓이란 모르는

(1997. 7)

시인의 길

세살바기 우리 아긴
궁금한 게 하도 많아

한번 가진 장난감은
거들떠보지도 않고

아무리 시시하더라도
색다른 걸 찾는다.

그렇다 시인이여
낯익은 길 거부하라

네 마음 황폐하여
잡초밭 안 되려거든

치열한 구도(求道)의 자세로
새길만을 가야 한다.

(1998. 2)

팽이

치지 않고 두어 두면
시나브로 게을러져

타성처럼 조금 돌다
그 자리에 누워 버린다

팽이가 돌지 않으면
그게 무슨 팽인가.

자칫 안일에 흘러
수렁으로 빠져들라

추상같이 후려치는
매정한 회초리야

그것이 저를 가누는
새로운 힘 되는 걸.

(1997. 11)

해방

돌아와 구두 벗고
시계 안경 풀고 벗고

단추 혁대 바지 양말
경계 긴장 벗고 풀고

한 오리 구속도 없는
아 이 조그만 행복

(1997. 10)

나는

한번 마음문 열어 산들바람 일으키면

바위 같은 허물이라도 품에 넣고 감싸 안아

다슨 볕 봄눈 녹이듯 사그라뜨리다가

일단 옴츠러들어 빗장을 걸라치면

바늘끝도 못 들어오게 물 한 방울 못 스미게

벼랑에 폭포가 얼어붙어 싸느라니 굳는다

그래 봐야 그 화살은 남을 맞히지 못하고

마침내 도로 날아와 제 가슴에 꽂힌다는

번연히 아는 이치를 곁에 놓아 둔 채로

(1997. 1)

소형사고

안개 속 산길을 걷다 바위에서 잠깐 쉬는데

낙엽 밟는 소리 있어 발 아래에 와 멈추고

잘 생긴 수꿩 한 마리와 눈이 마주쳤것다

고운 목 빤히 들고 올려 보는 그 시선은

수상쩍은 침입자의 표정을 훑으면서

거기서 적의(敵意)를 읽어 낸 듯 겁에 질려 있었다

한동안 폭풍 전야 그런 긴장 흐르다 그만

짙은 안개 짙은 정적 한꺼번에 박살내고

허공이 아닌 바다를 휘저으며 가 버렸다

저는 구사일생 목숨 건졌다 할 것이요

이쪽은 갈 데 없이 살생미수가 된 꼴이니

앉아서 벼락맞는다고 이게 뭐람 나원참

(1996)

잠

하루도 거르지 않고 다정하게 찾아와서

맴돌다가 기회 보아 끈질기게 유혹하여

슬며시 나를 데리고 어디론가 떠난다

바로 그 순간부터 이어지는 불가사의

몸뚱이만 남겨 놓고 가뭇없이 사라져서

이 세상 어느 구석에도 '나'는 이미 있지 않다

코골고 뒤척이고 잠꼬대도 더러 하지만

그건 나를 따돌리고 나와는 상관없이

육신이 괜히 제멋대로 그러는 것일 뿐이다

이러구러 한동안을 일체에서 놓여나서

시간 공간 희로애락 모든 것을 뛰어넘어

어디서 무에 되는지 내처 알지 못한다

어떤 수속 거쳤을까 그 터널을 벗어나면

겹겹이 에워 가둔 둘레는 되살아나고

다시금 엄연한 자리 일상 속에 처박힌다

(1996. 9)

태풍 뒤

요행히 비켜 지나간 태풍 그 다음날 오후

옥색으로 펼쳐진 하늘 눈이 부신 뭉게구름

후련한 쾌속 백 이십 자유로를 날아가다

하늘이란 저런 거던가 구름이란 이런 거던가

어느 날의 꿈이더라 어느 나라 그림이더라

저토록 생생할 수가 노을 아래 신도시가

세상 먼지 찌들어서 어슴푸레한 내 시야도

한 번쯤 미친 바람 불러다가 씻어 내면

까맣게 잊고 지내던 그 동산이 보이련만

(1996. 8)

이 뭣고

만지면 만져지고 눈에도 분명 보이고

잡으면 이렇게 잡히고 꼬집으면 역시 아프고

있기는 있는 듯싶은 아른아른 이 뭣고

더우면 더운 줄 알고 추우면 추운 줄 알고

추어 주면 벙글거리고 부아 지르면 화를 내고

슬프면 눈물도 짜는 아스무레 이 뭣고

끝도 시작도 없는 시간이란 강물 위에

몇 겁을 표류하다 더위잡은 지푸라기

한 순간 머물다 가는 알쏭달쏭 이 뭣고

(1996. 5)

술

순하게 병에 갇혀 죽은 듯이 있는 내가

어쩌면 너희 눈엔 맹물로만 보이겠지

배알도 성깔도 없는 얼간이로 보이겠지

하지만 두고 보라 언젠가 때를 만나

이 속을 벗어나서 사람 입에 드는 날엔

그제야 나의 참모습 유감없이 보여 주마

목구멍에 불지르고 그 불길은 번져가서

온몸뚱이 달구면서 정신까지 뒤흔들어

미치고 날뛰게 만들 그런 마술 말이다

모멸이야 받는 족족 귓전으로 흘리면서

부글거려 끓는 속을 참을인자 빗장 걸고

얌전한 휴화산으로 죽은 듯이 있는 것

(1995. 8)

그승*에서 그런 것

탐욕으로 불룩한 배낭 그 무게에 짓눌리며

비탈길 바위 틈에 비지땀으로 헐떡이며

등산을 하고 있었다 남들 하듯 그렇게

가마득한 낭떠러지 현기증뿐인 골짜기에

하늘 자락 움켜잡고 구름 언덕 짚으면서

이승과 저승 사이를 어릿거리는 참에

발밑의 왕모래가 살아 꿈틀거리더니

돌부리 잡았던 손이 몸무게를 감당 못 해

아슬한 구렁 아래로 곤두박질 쳐 버렸다

땀으로 멱을 감고 침대 아래 나뒹굴어

손톱만한 아파트의 눈곱만한 영토에서

잠결의 비명의 여운을 되새기며 있었다

곰곰이 다스려 보면 괴로운 짐 걸머지고

갖은 험난 헤치면서 어딜 가려 그랬던가

우습다 그승에서 그런 것 죽기 살기로 그런 것

(1995. 3)

* 그승 : '現生을 기준으로 한 前生'의 뜻으로 썼음.

얼굴

거울을 볼 때마다
어김없이 거기 있는

평생을 같이 살고
기쁨 슬픔 함께 해 온

나하고 꼭 닮은 얼굴
나를 빼다박은 얼굴.

더불어 볼품없는
그 몰골도 그렇거니와

닳아 무디어진 가슴
저도 그게 더 아프리라

촉촉이 흐르던 윤기
세월 따라 앗긴 채.

(1995. 3)

속셈학원* 앞에서

해와 달 하루 한 번
머리 위로 가게 하고

계절은 차례대로
추위 더위 오게 하고

맑은 날 비바람 치는 날
고루 갖춰 놓고서.

사랑과 미움 사이
은혜와 원수 사이

아슬히 곡예하며
살아 가게 두어 두고

바라만 보고 계시는
그 어른의 그 속셈.

헤아려도 다스려도
닿을 길 없는 공부

속셈학원 무슨 과정
재수 삼수 몇 해나 하면

조금은 감이 잡힐지
정색하고 묻습니다.

(1994. 11)

* 속셈학원 : 1980~1990년대에 상급 학교 입학 시험 지도를 위한 변
   태 과외 시설로서 성행했던 것

산문(山門)을 서성이며

초파일 머지 않다 속삭이는 비에 끌려

잠깐 일상을 벗고 산자락을 더듬자니

인기척 다한 어름에 신록이랑 암자랑

그냥 묻혀 온 티끌 그 차림새 그대로론

감히 맞바로 못 뵐 법당 마당 어른 앞을

비켜서 얼른 훔쳐보고 안 그런 척해야지

숨소리 발소리 죽여 저만치 에돌아가려는데

요놈 어디를 하고 덜미를 잡히고 말아

있는 죄 없는 죄 와락 스멀댄다 등골을

이 몰골 볼 게 있는가 오나가나 열린 문 없고

어여삐 달린 연등 근들 무슨 연(緣)이라랴

다만 저 무량한 원광 이슬비에 젖는다

(1993. 9)

반복법 연(鳶)

훌훌 털고 집 떠난 지 며칠인가 몇 날인가

미진한 정 아쉬운 정 댓가치에 종이 메워

얼레줄 감으며 풀며 허공으로나 이렇게

실 따라 손끝으로 전해 오는 부력(浮力)으로

실 따라 넘실대며 구름 저쪽 넘나들며

두고 온 둥지 언저리 언저리를 맴돌며

돌이켜 돌이켜보아 치열한 게 무어런가

무슨 노릇 무슨 구실 도저(到底)한 게 무어런가

실끝을 물고 우는 연이여 섧지 않은 연이여

(1993. 9)

꿈 많고 잠 얕은 밤

깊은 밤 어느 서슬
가뭇없이 달아난 잠

사념은 천만 갈래
풀리다가 헝클어져

제풀에 빠져 든 늪을
헤어나지 못한다.

들 그렇게 하듯
평안이나 구할 것이지

실속없는 갈망이나
바이없는 오뇌 안고

배회는 헛도는 바퀴
이도 저도 아니게.

돌아누우면 두메산골
소년의 날이 엊그젠데

연유와 핑계로 얽힌
신시가지 한 자락에

꿈 많고 잠 얕은 밤은
하룻밤이 천리네.

(1993. 8)

다시 못 볼 얼굴들을

도심이든 변두리든
발길 닿는 곳이라면

의당 그래야 하듯
부글거리는 거품

밟히고 터질 만큼이나
지천으로 인파가.

처음 보는 사람들을
다시 못 볼 얼굴들을

기계가 돌아가듯
아무렇지 않다는 듯

만나며 헤어지며를
오늘도 또 내일도.

(1993. 7)

기다림이 기다리는

종합 병원 외래 창구 접수 시작 두 시간 전

번다 못해 구겨진 줄 끝을 찾아 뒤에 붙어

터지고 넘치는 조바심 한숨이나 쉬면서

그 많은 시선들이 바늘을 밀어 올려도

아랑곳 아니란 듯 벽시계는 얼어붙고

닫힌 창 닫힌 그대로 환자들은 모여들고

바로 이 순간에도 병마는 쉬지 않고

초침 한 칸 간격마다 목숨을 칼질하는데

멍청히 그 소리 들으며 손을 놓고 있다니

하긴 기다림이야 그게 어디 끝이 있던가

다가서면 또 다음 창구 펼쳐지는 무한궤도

굴러도 평생을 굴러도 기다림이 기다리는

(1992. 2)

산천무심(山川無心)

남원(南原)

세월 가고 설움 가고 절절한 사랑도 가고
보기 좋게 반백을 인 오작교가 광한루가
숱하게 흘린 깨알을 도로 줍고 있었다

월송정(月松亭)

정자 아래 검은 솔밭 그 너머 푸른 바다
언제 꾼 꿈이더라 하늘토록 닿은 물결
흰 물새 돛배랑 어울려 부르거니 따르거니

동해(東海)

울진 삼척 강릉 설악 동해안 쪽빛 만리
바위를 물어뜯고 부서지는 순백의 포말
양보다 심심한 바다 재롱 치며 누웠다

낙산사(洛山寺)

낙산사 부처님은 산보다는 바다가 좋아
눈 아래 천리 만리 푸른 물결 풀어 놓고
갈매기 모였다 흩었다 놀게 두고 있었다

(1991. 6)

아파트

무한 속의 한 모서리 영원 속의 찰나를 빌려

구름 밖에 얽은 영토 하늘 가의 영어(囹圄)에서

적막의 수의(囚衣)를 입고 잠자리가 얕아라

발 밑에 집을 깔고 머리 위에 집을 이고

벽을 세워 간을 막고 오가는 정 가로막고

딴에는 절절한 얘기 불빛으로 흘리는 창

굳게 닫힌 우리 안에 배회하는 눈길 따라

목숨 있어 있는 시름 일고 스는 물거품아

아무리 부글거려야 삼십 평이야 넘을라고

하릴없는 유배(流配)의 땅 한생애는 숨가빠도

돌고 나면 도로 그 자리 곤충으로 헤매다가

창밖에 멍청히 걸린 도시 하늘 어스름달

(1991. 11)

건강법

입만 열면 좋다는 것
무슨 약품 무슨 식품

하지만 내게 주어진
내 건강 내 처방은

절절한 오뇌를 안고
목숨 살라 가는 것.

있는 듯이 없는 듯이
먼지 쓰고 누웠다가

언젠가 누군가의
눈길 당겨 조여 놓고

코허리 시큰하게 할
그런 몇 줄 빚는 것.

(1991. 12)

나비의 꿈

봄바람 몸에 감고 들을 어슬렁거리다가

파란 잔디 보료 깔고 나른한 아지랭이 덮고

누워서 창공에 빨려드는 한 소년이 있었다네

졸음의 품에 안겨 꿈길로 인도된 그는

가벼이 나래 젓는 한 마리 나비가 되어

꽃향에 한껏 취한 채 소요하고 있었다네

몰라라 어느 굽이 문득 잠에서 놓여

날던 나비는 응당 소년으로 돌아왔건만

골똘히 생각 속으로 옭혀들고 있었다네

갈수록 이상하다 나는 대체 무엇일까

본디 사람인데 나비 꿈을 꾼 것일까

아니면 사람 된 꿈을 잠깐 꾸는 나비일까

몇 바퀴를 돌았던가 나비 노릇 소년 노릇

꿈의 꿈 또 그 속의 꿈 의복처럼 갈아입으며

무언지 몽롱한 말로 끄적이고 있다네

(1988. 4)

제2부 야산(野山)

코스모스를 보며

얼마쯤의 그리움과
조금쯤의 아쉬움으로

깨질 듯 맑은 계절
송이마다 받쳐 들고

흰구름 손짓으로 불러
가을은 더 가을답다.

새가 우는 것이
슬퍼서만은 아니듯이

꽃이 웃는 것도
기뻐서만은 아닌가 봐

정갈한 무료를 달래어
저러는 걸 보면.

왕성으로 치닫던 계절
숨돌리는 한 모롱이

황량감 삭이면서
가누어 선 그 앞에서

툭하면 섭섭해하던 일
낯이 달아 오른다.

(1997. 10)

안방

성경책 펼친 위에 돋보기 걸쳐 놓고
바다를 날아 온 사진 손주놈들 웃게 두고
찬거리 사러 나갔는지 넓은 방은 비었다

(1999. 4)

가을에

릴케 선생 아니라도 포도 송이 아니라도
이틀만 더 남국 햇볕 벼이삭을 채우시고
여물어 고개 숙일 줄 본을 받게 하소서

(1999. 4)

민들레

초가 마을 울타리 밑 봄눈도 조금 남고

개울가 버들개지 보얗게 부푸는 날

물동이 이고 가던 길섶 거기서나 보던 꽃

숨막히는 먼지 매연 무표정한 아파트 숲

웃음도 눈물도 없고 매말라 이웃도 없는

여기를 어디로 알고 따라와서 그러니

(1996. 10)

자연

사람끼리 부닥치며 그 가운데 주고받는

기쁨 슬픔 노여움과 미움이며 사랑이란

가녀린 유리 그릇이라 흠집나기가 십상

크낙한 어머니 품 거룩한 대자연의

그윽하게 다가오는 다사로운 그 손길은

언제나 우리의 등을 어루만져 주느니

고달픈 사람살이 시달리다 지치거든

잠시 고개 들어 푸른 하늘 바라보라

듬직한 저 산을 보라 유유한 강물을 보라

(1996. 9)

계절의 징검다리

신록

하루 해는 길어 봤자 기껏 하루에 불과하고
꽃보다 낫다는 신록 그게 또한 몇 날이리
단 한 번 허락된 오늘을 불살라라 한껏

절벽

그러는 게 아니란다 그러다가 그르칠라
뻐꾸기는 신록 사이 입이 닳게 타일러도
눈멀고 귀먹은 절벽에 와 닿을 줄 이시랴

우수(憂愁)

하늘이 심심하여 송이구름 띄워 두듯
신록 오월 더 고우라고 뻐꾸기로 울게 하듯
세월이 무료할세라 가슴에단 수심을

풀밭

풀밭에 누운 게 아니라 바람에 실려 있다
하늘을 보는 게 아니라 바다를 안고 있다
하얀 이 들어낸 파도 구름송이로 웃고

더위

그저 인사치레로 너울거리는 체하다가
이내 제 모습으로 나뭇가지는 자리잡고
그 바람 꿀꺽 삼키며 되살아나는 더위

겨울문

볕은 따가워 싫고 그늘은 설렁해 그렇고
한 겹씩 오슬추위 감겨 오는 어제오늘
겨울문 열리는 소리 낙엽 되어 흩는다

은행잎

아침 햇살 끌어당겨 불이 붙어 타는 잎새
노랗게 흩는 가을 그걸 날리며 노는 바람
얼마쯤 잠잠해진 일 도로 불러 놓고서

벗은 나무

푸른 잎 붉은 꽃이야 의상밖에 더 되던가
젊고 고운 맵시라도 육신 이상이 아닌 것을
한동안 빌려 입다가 의당 도로 벗고 가는

오늘은

불암산 허리께로 눈썹달을 불러 놓고
백운대 정수리에 설핏하니 있는 해야
오늘은 어떤 주름을 내 얼굴에 그었지

산길

산길로 접어들자 눈이 하얗게 깔려 있다
예기치 못한 충격 잔잔한 이 흥분이여
마을에 비위가 상해 저도 이리 왔으리

(1996. 4)

미량(微凉)

일찌감치 와 버린 더위 삼십 도를 웃돌더니

집중 호우 인명 피해 올해라고 잠잠할까

어쩌다 초가을 닮은 선선하니 쾌청한

글씨니 책이니 뭐니 제대로 되는 게 없는

한나절 헛되이 보내고 그저 그러기 아까워서

느긋한 그림자 데리고 산자락으로 발길을

한 발 물러서 보면 벼랑 끝도 반석이라

그토록 절박하게 조여 들던 둘레들이

이 한때 미량을 얻어 느슨하다 얼마쯤

(1995. 8)

산

밉고 곱고 안 가리고
되는 대로 받아들여

병아리 깃에 품듯
다정하게 감싸안고

저마다 어울리는 산
고즈너기 섰는 산.

푸나무 벌레 산새
마음놓고 있게 하고

옹달샘 옥 같은 물
밤낮없이 흘려 두어

때묻지 않은 목숨들
숨돌리게 목 축이게.

마을이 궁금하여
기어 내려왔다가도

사람들 하는 꼴이
비위에 거슬리면

못 본 체 시치미떼고
웅크리고 있는다.

(1994. 12)

무심치 않은 무심

― 하회소견(河回所見)

역사가 한스러운가 무한으로 흐르는 강

여정은 끝이 없고 무료라도 달래리라

슬며시 장난기 일어 어깨춤을 추는 곳

물이 돈대서 하회(河回) 한 모롱이 낭떠러지

아름드리 참나무 숲과 매미 소리로 울을 치고

선생의 옥연정사*가 아슬하게 물 위에

장강(長江) 같은 경륜으로 꺼져 가는 등 밝히던

바로 그 대청 마루 무엄하게 차지하고

세월을 거슬러 올라 몽롱하니 혼자서

곡절도 사람도 가고 장마 또한 누그러져

그 어른 기침 소리 굽이치는 낙동강아

무심치 않은 무심으로 나룻배는 일없이

(1993. 7)

* 옥연정사(玉淵精舍) : 서애(西厓) 유성룡(柳成龍) 선생의 별장.

탁구

가득이나 비좁은 바닥
그물 둘러 둘로 갈라
스스로를 가두어 두고
탐욕으로 바둥대며
떨치지 못하는 애물
내 시름은 하얀 공

으서져라 쳐 넘기면
빠개져라 되넘어와
바로 코 앞에서
보란 듯이 깝신거리고
부려도 부려지지 않는
통통 뛰는 작은 공

(1992. 4)

모과차를 들며

산자락 깔고 앉은
초가집 장독대 머리

대숲에 바람 일고
천년 가을 고목나무

노란 등 환히 켜 달고
서리 속에 익던 것.

타작 소리 새벽을 열어
산마을은 기지개 켜고

저녁놀 까마귀떼
울며 가는 기러기 행렬

모과차 김에 어리네
겨울밤에 정적에.

(1991. 12)

오붓한 오후 한때

구름 한 점 없이 쾌청한 풍선으로

일상은 번거로워 연신 뒤로 벗어 던지며

혼잡을 빠져 나가는 가을하고도 주말

어디서 비롯하여 어디쯤에 멈출 건지

끝내 알지 못할 맹목 같은 길이건만

허락된 오후 한때가 오붓하지 않은가

향수같이 엎드린 산 인정같이 포근한 교외

바로 지척에 둔 채 자잘한 둘레에 묻혀

까맣게 잊고 지내 온 마을 어귀 정자나무

쫓기듯 저를 몰아 넘어지며 자빠지며

자국 없이 흘린 나날 굽이도는 시냇물아

뭬 그리 분주하던가 눈코 뜰 새 없던가

(1991. 9)

장마철에

장마 소식 궁금타 못해 시골 내려간 집사람은

연일 지짐거리는 날씨 길이 막혀 못 돌아오고

우리에 갇힌 짐승처럼 집 안에서 서성댄다

가만히 앉아 있어도 등을 스멀거리는 더위

눈길은 일도 없이 창밖으로 넘나들고

시늉만 책장을 넘기며 건성으로 그런다

전화도 초인종도 울릴 일 바이없고

사념도 가물거리는 절망 같은 아파트 창을

풀죽어 심드렁하게 내리긋는 빗줄기

아무런 뜻도 없이 산지사방 널려 있는

책이며 화선지며 자잘한 내 분신들이

눅눅한 계절을 마시고 축 늘어져 있어라

(1987. 9)

시냇물

늪에 누워 잠이 들면
그게 끝장 아니겠나

흘러야만 성이 차는
타고난 외길 지켜

어떻든 꼬물거리며
부지런을 떨밖에.

목타는 자 축여 주며
여린 목숨 가꿔 가며

낮은 데로 궂은 데로
가는 걸음 고달파도

뉘 알리 다음 모롱이가
눈부시게 있을지.

(1988. 8)

야산(野山)

큰 소리를 쳐 봤을까
거드름을 피워 봤을까

잔솔포기 가꾸면서
풀벌레나 울게 하면서

순하게
엎드려 천년
우리 마을 야산은

(1987. 10)

제3부 손수 운전

유월에

눈 뜨면 다가오고
눈감으면 떠 오르고

내쉬고 들이쉬는
한숨 끝에 묻어 오고

잠들면 꿈길을 밟아
선연하게 있는 너.

한평생 그 세월도
그 상처는 못 다스려

잠 못 드는 어머니가
잠든 아들 찾아와서

아직도 남은 눈물을
빗돌 위에 뿌린다.

(1997. 8)

돈으로 논지하면

남이 가지고 있으면 당연히 남의 것이고

내 손에 쥔 동안은 틀림없는 내 것인데

아무리 뜯어보아도 이건 종이쪽일 뿐이다

그 생리 미묘하여 지갑에선 잠을 자다

남에게 건네주는 그 찰나 그 순간에

막강한 그의 권능은 유감없이 나타나

물건이건 인력이건 명예 인격 할 것 없이

값진 것도 귀한 것도 이 앞에선 폭싹 꺼져

원하는 무엇이든지 손아귀에 들어온다

무리짓길 좋아하긴 그 또한 물과 같은데

물은 낮은 데로 임하고 그는 높은 데로 모여

있는 자 더욱더 있게 없는 자는 아주 없게

기막힌 인간의 슬기로 끝내 다다른 이 편의를

너나 없이 홀려들어 온몸으로 매달려서

기꺼이 목숨도 걸고 피투성이도 되고

(1997. 8)

알고 보니

멀리서 바라볼 젠 꿈결 같던 바닷가가

차츰 다가가자 갯비린내 풍겨 오고

발목이 푹푹 빠지는 시궁인지 갯벌인지

산 위에서 보던 마을 한 폭 그림 동화(童話) 마을

다가가 둘러보니 그저 그런 예사 동네

두 눈에 불들을 켜고 악다구니도 쓰고

서울 사는 친구들이 부러워 못 견디겠다가

내 막상 올라와서 둥지를 틀고 보니

이거야 사는 게 아니라 싸움박질 그거다

뭇사람 우러러볼 하늘 같던 그 얼굴이

낯익어 알게 되니 별수없는 보통 사람

한 겹 더 헤집어 들면 어떤 곡절 지녔을지

(1997. 1)

철마는 달리고 싶다
― 임진각에서 본 것

달리다 멈춰 선 채 반세기가 다 돼 간다

바람을 가르면서 기적 소리 날리면서

이 강산 끝에서 끝을 꿰어뚫던 철마가

침목이며 자갈이며 그 날인 듯 있건마는

길길이 자란 풀숲 철길은 녹이 슬고

역사의 수레바퀴는 여기 그만 멎었다

차라리 남도 아닌 한 핏줄 같은 겨레

부르면 대답하리 손 내밀면 다가오리

가까워 더욱 설워라 불을 뿜는 확성기

아랑곳 아닌 물새 흩어졌다 모여들고

죄 없이 영문 없이 철조망에 갇힌 강물

면면한 한을 실은 채 굽이치며 가도다

(1996. 9)

눈뜨고 뼈끔히

새순 몇 잎 겨우 달고 비스듬한 고목이나

비탈에서 풍화하는 전봇대를 보더라도

가여운 충정(衷情)이 느꺼워 코허리가 시큰했고

시냇물에 실려 흐르는 이지러진 달이거나

일념으로 나부끼는 바람 앞의 풀밭이거나

어여쁜 지성(至誠)이 서러워 가슴 메어 하였고

이른 봄 산길 가에 갸우숙한 할미꽃을

행여나 밟힐세라 돌을 모아 에워 두고

그래도 편안치 않아 자꾸 돌아보았고

큰 다리*가 끊어지고 백화점이 무너지고

가스 폭발 열차 사고 목숨인지 낙엽인지

눈뜨고 뻐끔히 보는 무신경에 소름이

(1995. 9)

* 큰 다리 : 1990년대의 한강 성수대교, 삼풍백화점 붕괴 참사.

금붕어

순하고 부드럽기론 나만한 게 있으랴만

이토록 비좁은 데서 어찌 차마 살란 게냐

건공중 한 그릇 물로 겨우 숨만 쉬게 하고

저희 딴엔 날 데려다 거실 공간 치장하고

그지없는 화락으로 안위하려 함이리라

알량한 연민도 섞어서 도취도 좀 되어서

하지만 알 리 없지 제 거처에 스며들어

영장을 자처하는 그것들의 허와 실을

또롱한 이 눈망울로 살피면서 있음을

(1995. 9)

물리

하필 그 순간에
그 다리가 끊어져서

하필 그 백화점이
그 시간에 무너져서

머리칼 한 올 차이로
혹은 남고 혹은 가고.

타성과 안일로 살다
파멸의 길 접어들어

톱니바퀴 돌아가듯
진행했을 그 물리(物理)를

우리가 몰라 그렇지
우연이란 없을 것.

(1985. 8)

쬐끄만 사랑

― 낚시질에 대하여

쥐*가 먹게 하느라고
밥은 항상 남겨 두고

부나비*가 가여워서
등을 켜지 않았다는

다습고 촉촉한 가슴
지금 찾기 어렵고.

밀림의 성자 슈선생은
세상 철이 들고부터

춥고 배고픈 미물들의
잠자리를 기도하고

낚시질 새 잡는 놀이를
그만뒀다 하잖나.

미늘 끝만큼이나마
눈물 아직 남았다면

남의 목숨 그걸 가지고
희롱하고 즐길 수야

그 선(善)한 온유한 물고기
그 연약한 영혼을.

(1995. 2

* 쥐…부나비… : 위서상류반(爲鼠常留飯)　연아부점등(憐蛾不點燈)―동
　파(東坡)

라면을 끓이며

물은 끓여 증발시켜야 직성이 풀리는 불과

불은 짓이겨 숨통을 끊어 놓아야 시원한 물이

한바탕 맞닥드려서 치열(熾烈)하는 참이라

어디 맛 좀 봐라 노기등등 밀어 올리는 불과

오냐 그래 봐라 도로 내려오면 그만이라는 물이

얄따란 냄비 바닥을 두고 서로를 소모하는 게 꼭

눈 뜨고 차마 못 볼 무슨 비리(非理) 무슨 부패

그래도 할 말은 있어 악다구니를 마지 않는

어느 녘* 풍속도를 보는 양 쓸쓸해져 오누나

아무튼 그런 와중에 돌덩이 같은 라면 뭉치는

정반합(正反合) 제가 알아서 탱자 같은 분노도 눅고

한 송이 야들거리는 물보라 「浪花」*로 핀다

(1994. 10)

* 90년대 문민정부의 司正.
* 낭화(浪花) : 국어사전에 '밀국수의 한 가지'로 나옴.

96

손수 운전

아무리 두리번거려야 의지할 거라곤 없고

필경 저는 제가 몰고 가야 하는 숙명

키 꽂고 시동을 걸면 팽팽하게 앞길이

대수롭지 않은 채로 그대로 아픈 목숨

기도하는 마음 둘레를 안전띠로 졸라매고

놓인 길 바퀴로 감거니 후사경으로 풀거니

남들은 빨강불로 좌에 우에 막아 놓고

저 혼자 신호 받아 달리는 맛 왜 없으랴만

언제나 순풍만 타는 돛배일 수는 없고

털끝만한 서슬에도 불꽃 튀는 험한 풍토

좁은 거리 발은 붐벼 범퍼는 늘 불안하다

서로가 서로를 할퀴며 상처 주고받으며

(1991. 11)

오리

― 화폭에 부쳐

오염 안 된 곳은 없을까
아무리 둘러봐도

어느 한 치의 땅도
온전한 곳은 없네

걸음은 길이 안 들어
항상 뒤뚱거렸네.

흙이며 푸나무며
못지않게 인간이며

크면 크게 작으면 작게
진동하여 썩는 냄새

눈과 코 둘 곳이 없네
숨이 칵칵 막히네.

긴 목을 외로 꼬아
죽지에 부리 묻고

가는 눈 슷제 감고
모래밭에 너부러져

마음껏 활개를 쳐 볼
하늘이나 꿈꾸네.

(1990. 10)

가여운 지성(至誠)을 밝혀

― 학생 항쟁을 보고

벼랑에서 굴러 내리는
수레 앞을 막아 서서

분수 같은 젊음으로
솟구치다 나래접다

내뿜는 물기둥을 본다
성난 버마재비*를 본다.

책** 덮고 등불 아래
가을밤을 앓고 간 선비

오늘에 그 뜻 밟아
눈물 콧물 범벅하고

가여운 지성을 밝혀
울어 새는 곤충을 본다

(1987. 10)

* 버마재비 : 당랑거철(螳螂拒轍)

* 책 : 추등엄권(秋燈掩卷) : 최익현(崔益鉉)선생의 절명시(絶命詩)에서

제4부 인왕(仁旺)으로 서서

임진강 가에서

동구마다 얽힌 애기
갈수록 저려 와도

코흘리개 이쁜이는
머리얹어 아기 낳고

철조망 가시울 밑에도
민들레는 피네.

연연한 푸른 강물
엇갈리고 목메어도

은수(恩讐)야 허허로워
구름 피어 훌훌 날고

이슬비 속삭이는 속
봄을 배「잉(孕)」는 대지여.

추석에

- 사모곡(思母曲)

부엉산 여우고개 땅거미가 깔려 오면

시냇물 잠간 멎고 느티나무 숨죽이고

은물결 찰찰 넘치는 보름달이 솟던 것

옥토끼 이태백이 한자리에 불러 놓고

새마룻벌 올벼 잡아 햇콩이랑 송편 빚어

왕자는 엄니 무릎에서 거들먹을 피웠지

신선도 약방아도 꿈도 함께 가 버리고

그 어른 숱한 눈물 입다문 채 떠나시고

빈 달만 나를 따라와 말을 잃고 걸렸다

거미 소고(小考)

은실로 꿈을 뽑아 구름에 두른 낭만의 성

이슬은 구슬로 꿰어 그물 가득 달아 두고

진주홍 타는 노을엘랑 거나하게 취하고

우유빛 아침 안개 저음(低音)으로 출렁이면

한 점 조각밴 양 사념의 닻을 감아

더 깊은 더 먼 바다로 노를 저어 가는가

아우성 거리마다 탐욕처럼 쏟아져도

일상은 잠깐 둔 채 적당히 게으름피워

한 웅큼 소한(小閑)을 안고 스르르 졸음을 부른다

늦더위 삼십 몇도 서쪽 하늘에 뉘엿하고

입추 무렵 생량(生凉) 바람 억새잎이 속삭이면

눈마다 매달린 별하며 재롱판을 벌인다

오르지 못할 하늘 내리지 못할 땅일 바엔

어정쩡 허공 한 자락 분수로이 자리하고

제 무게 그만큼으로 대롱거려 자재(自在)한다

불모(不毛)의 거리에서

저마다 종종걸음
그러나 모두 멀건 표정

지팡이 없는 장님들이
밀려오고 밀려가고

찡그린 또 헤벌린 낯이
아우성이 먼지가.

다치면 터질 애기
한 아름씩 그러안고

조갈과 허기 속에
속이고 속는 때묻은 거래

비구름 한 쪽 머물지 않은
이 불모의 거리에.

쉬어 가세요 손님
정이 없이도 상냥한 말

녹슨 쇠푼 몇 닢 앞에
잘잘 넘치는 싸구려 미소

어디 가 분수탑이나 순아
등신처럼 바라보자.

어느 해 가을 그리고 달밤

잠은 멀어만 가고 상처는 자꾸 되살아나

형수씨 주걱에서 옮아 묻던 정이나마

스미어 골수에 배듯 흥건하게 고인다

푸념도 길이 들어 개개풀어진 어린것들

죄 없는 두 뺨에는 수묵(水墨)으로 수를 놓고

만 갈래 시름을 눕혀 꿈이 다만 깊어라

앙상한 가슴팍에 그들먹한 한을 두고

다리 상한 제비 품듯 막내를 그러안은 채

깃빠진 어미새처럼 짐짓 잠든 집사람아

문구멍 구멍마다 기웃거리는 어진 달빛

놈들의 숨소리며 주름 고운 어미 볼을

촉촉이 어루만지는 손길이여 자장가여

형님네 마을쯤이랴 여울져 오는 퉁소 소리

흐느껴 굽이치는 오막살이 지붕에서

두렷한 가을 달 아래 박이 둥둥 여문다

치사한 비

하루를 마무리하고 현관문을 나서자니

쌀쌀한 세모(歲暮) 거리 이렇다 할 의미 없이

단단히 정신 나간 비가 지척이고 있었다

얼마를 망설여도 멎을 눈치 아니기로

오백 원 외쳐대는 우산 장수 지나치며

손수건 머리에 얹고 혼잡 속에 휩쓸렸다

의당 나를 겨눠 내리꽂히는 찬 빗방울

섬찍한 송곳 끝을 흰머리칼로 다스리고

헛기침 두엇 날리며 태연스레 갈밖에

헌데 그 비치고는 치사하게도 야무진 비

비닐우산 그거나마 안 가진 이만 골라 내어

정확히 적셔 주고 있는 고약한 비를 봤나

양로원에서

설움도 애깃거리도 말라붙은 앙상한 볼

푹 꺼진 눈언저리 글썽거릴 물기도 없고

후련히 목을 놓아 볼 마련이나 있더면

곁을 둘러봐야 서로 안됐기만 하여

민망한 시선일랑 얼버무려 떨구는 것

꽉 닫힌 가슴마다엔 바닥 모를 절망만

시(詩)여 나부랑이여 어설픈 인정(人情)이여

목탁이여 십자가여 입에 발린 사랑이여

지나는 길처에라도 여기 멈춰 봤던가

함부로 외롭단 말 차라리 어이없고

무심한 해와 달도 외면한 채 지나가고

표정을 잃은 하늘만 희멀건한 그대로

남대문(南大門)

문이라기보단 차라리
한 마리 학이라 하랴

물살을 가르듯이
무한 밖을 헤엄치며

한시름 무늬로 놓다가
다리 뻗고 깃 접는.

어느 서슬 뒤뚱하고
땅을 박차 솟을 마음

짐짓 그 순간을
세월 너머로 굳혀 두고

빗장이 단단히 질린
이름뿐인 문이여.

어차피 꿈 아닌가
홀가분히 벗을 영화

제 구실 제쳐놓고
갈랫길에 우뚝 서서

급하면 돌아가는 법으로
다스리며 있는 것.

인왕(仁旺)으로 서서

듬직한 어깨 하고
마을 한편에 서 있으마

건드리면 터지고 말
울울한 날 꾸리고 와

후련히 가슴을 열어
털어놓고 가려무나.

제 아픔 제 못 이겨
얼굴 묻고 들먹이면

치마바위 그 어름에
주름 하나 더 해 걸고

등이나 다독여 주마
볼이라도 쓸어 주마.

함박눈을 보며

소대한 겨우 보내고 빼꼼하니 열리는 봄

그 문설주 의지하여 넋을 잃는 해질 무렵

빛 바랜 남루를 덮어 정신없이 함박눈이

내내 겨울을 앓고도 못 다스린 몸부림은

징 꽹과리 숨이 넘어 날라리에 신이 들려

인제야 자지러지누나 갈증 같은 환희로

광란도 극에 달하면 오히려 완벽한 조화

난무도 철저하면 차라리 처절한 질서

뉘 알리 이 치밀한 착오 자재로운 의지를

수척하니 물러서서 외로움을 얽는 산야

느닷없이 쏟아지는 은총으로 갈아입고

조아려 다소곳한 머리 차고 넘는 무량감

받아 놓은 은총

― 신연송(新年頌)

어설피 걸어온 자국 강물에 흘려 보내고

얼룩지고 구겨진 날은 뒷장으로 넘겨 버리고

새 붓에 새 먹을 찍어 새 일기를 써야지

나이는 건져내고 떡국만 가려 먹고

몰라보게 어른답게 눈에 띠게 겸손하게

새해를 진정 새해답게 첫발부터 그렇게

그르치고 풀죽을라 이룩하고 우쭐댈라

얻고 보니 기쁘던가 잃고 나니 슬프던가

한 걸음 물러서 보면 그게 도로 그건데

받아 놓은 은총이여 삼백 육십 오일이여

지폐처럼 아낄 건가 물 퍼 쓰듯 버릴 건가

맘대로 골라 가게나 그대 앞에 열린 길

아침 버섯

— 조균부지회삭(朝菌不知晦朔) 장자(莊子)

한 철을 우는 쓰르라미 봄가을을 모르듯이

새벽에 잠깐 왔다 볕이 나면 시드는 버섯

초하루 보름을 알랴 초승을 그믐을 알랴

기나긴 여름날을 쉴 새 없는 하루살이와

숨가쁘게 파닥이는 몇해살이 날짐승과

못 채울 허기를 안고 허덕이는 우리와

하루 한 번 뒤치는 해 두 번씩 숨쉬는 바다

천년 만에 슬그머니 돌아눕는 바위라도

우주를 떠도는 먼지 그 안에서 그럴 뿐

여기 오기 전의 나는 어디 무얼로 살았던가

또 어느 의지 있어 이 나들이 나온 걸까

이슬에 움이 텄다가 해가 뜨면 져 버릴

하필 이 시공(時空)에 못을 박아 잡아매고

한 발도 못 떼게 하는 끝도 없는 무슨 형벌이

몸살과 멀미로 부침(浮沈)하는 아침이게 하는가

두루마기를 입고

솔바람 잔정스레
흰옷 자락에 매달려도

바위처럼 듬직했네
아버지의 나들이는

허공에 정지한 날개
물살 같은 학이었네.

산악만큼 크신 소망
물거품만 일고 슬어

그 숱한 불면의 밤
뒤척이던 한숨으로

올올이 흩날리는 반백(頒白)
계면쩍은 이 길목.

조금은 철이 들어
고향 찾는 설렘같이

내 초로(初老)의 영마루에
진솔두루마기 차려 입고

얼마쯤 남은 수스러움과
팔을 끼고 걷는다.

갈수록 자라는 도시
날로 소모하는 자신

바람하고 마주서서
나부끼는 옷고름에

그 어른 숨결이 어려
살을 파고듦이여.

우산

비가 오리라던
어젯밤 일기예보

멀쩡한 가을날에
착하디착한 아이들이

순종(順從)을
손에 챙겨 들고
물결친다 거리로

구름처럼

어디 갈 데도 없지만 암데 가든 좋아 좋다
내키면 훨훨 날고 심들하면 멈춰 놀고
혼자서 홀가분하게 느긋하게 너그럽게

와사를 앓으며

눈짓으로 타일러서 깨지 못할 잠이라면

손찌검으로라도 못된 콧대 꺾어 주리라

한 바퀴 소용돌이치는 게 눈뿐이랴 입뿐이랴

더듬고 얼버무릴 눈일 바엔 입일 바엔

조금은 비스듬히 돌아가서 안 좋으랴

그까짓 얼굴 한 자락 비뚤어져 대수랴

우린 항용 건망하여 제 분수를 제 모르고

코 앞의 돌멩이도 뜨고 못 보는 청맹과니

그러다 발끝이 걸려 넘어지곤 하느니

밤이라야 별것인가 대낮 저편 산 그림자

생사라야 병풍 한 겹 사이하여 사는 이웃

어차피 그 언저리에 일고 스는 거품인 걸

잔치 끝나 돌아들간 허전스런 뒷전처럼

웃고 나면 심드렁한 행복도 실상 그러한 것

거울 속 일그러진 모습 정을 담아 가꾸리

춘향 소묘(素描)

맷자국 몸에 감고
혼곤히 빠진 꿈길

어디쯤에 임을 만나
하소연이 끝없을까

큰칼에 흘린 쑥대머리
꽃 떨구고 흰 대궁.

한양 소식 감감한 채
외기러기 북으로 날고

옥방 창살 스며드는
착한 달빛이 등을 쓸며

왜 몰라 도련님이 왜 몰라
그러면서 그런다.

불호령 속절없이
귀기(鬼氣) 속에 스러지고

아무 일도 없었는 듯
밤이 깊은 동헌 마루

추녀 끝 풍경이 남아
적막 공산 지킨다.

머잖아 해는 뜨고
폭군 같은 하루는 오리

벼르다 잠든 사또
미친 듯한 노여움이

춘향모 패물 값이면
며칠이나 잠잠할까.

잠을 놓치고

살얼음 밟아 가듯 엎드려 생계나 하고

몽롱한 말을 쪼아 다듬으며 윤을 내며

없는 듯 가느다랗게 흥얼거려 왔거니

스치는 바람에도 철렁이는 가슴하고

고치 얽어 옴츠리는 하릴없는 곤충으로

스스로 저를 옭으며 생채기를 깊이며

없어 혹시 비굴할라 있어 행여 교만할라

심은 대로 거두리라 콩 심어 콩 거두리라

그 신앙 어쩌지 못할 손금으로 파이고

진작 녹슨 인정 후벼내듯 내민 손에

지하도 오르내리며 떨구어 준 동전 몇 닢

실인즉 저를 달래는 속임수나 아녔을까

조여드는 정적의 무게 초침 소리로 감당하고

눈감아도 뒤채어도 별은 더욱 초롱한 밤

내 살아 내 모르는 이치로 베갯잇을 적시다

무대(舞臺)에 올라

문지르며 처바르며 그럴싸하게 분장하고

대사를 잊을세라 몇 번이고 되뇌면서

어쩔 수 없는 일상의 무대 위에 오르다

자기 뜻 아닌 배역 주어진 그대로 맡아

입에 침도 안 바르고 해야 하는 남의 노릇

뒤통수 어루만지며 어쩔 줄을 모르며

총명한 그 눈초리 관객들을 앞에 하고

서툴고 어쭙잖은 풋나기 나의 연기

여기서 말 수도 없고 그냥 그럴밖에는

낯선 땅에 끌려 나와 가누지 못하는 몸

아무리 탈을 써도 타고난 살 못 가리고

어설픈 어릿광대로 휘청거려 가는 것

점(點) 하나 여기 찍고

— 홍도(紅島)에서

소망 없는 마을에서 멀찌거니 떨어져 나와

그쪽 소식쯤이야 귓전으로 흘려 버리고

창망한 파도 만리에 부표(浮標)하여 있음이여

깎아지른 기암 괴석 가로 세로 서고 눕고

서로 어깨 걸어 비스듬히 쏠리기도 하고

발 아래 수족(水族)을 불러 저희끼리 놀게 두고

서럽도록 짙은 쪽빛 밀고 써는 갯가에선

섬마을 인정같이 둥글면서 붉은 환석(丸石)

볼과 볼 마주 대고서 밀어(密語)들이 익어 가고

뉘우치듯 물결은 자고 수평 저쪽 해 기울면

천근 적막으로 덮여 오는 검은 장막

이 세상 마지막 날도 바로 이렇듯이 오는 걸까

마음 놓고 펼친 바다 영원을 손짓하는 곳

무슨 장난기로 점 하나 여기 찍고

끝끝내 입다물어 버린 알 수 없네 당신 뜻

호수로 누워

― 산정호수(山井湖水)에서

사는 일 심드렁하면 숲속으로나 기어들어

기다랗게 누워 버리자 새파라니 출렁거리자

눈 감고 마음도 감고 풋잠이나 청하자

누가 여기 내 있다 하랴 호수로 잠겼다 하랴

숲 벼랑 둘러 두고 생애만큼 고인 한을

스스로 안으로 삭여 뒤척이며 있다 하랴

해찰 않고 앞으로만 내닫던 길을 멈춰

별러 온 나들이로 무거운 짐 부려 놓고

한 번쯤 물에 어리는 제 몰골을 울게 하자

어설픈 정 되살아나 설레는 게 아니로다

하고많은 이야기들 살을 깎아 감당하고

다다라 넉넉한 미소 반짝이며 있노라

무한향사(無限鄕思)

호드기

물 오른 버들가지 호드기만 서러우랴
벌 나비 장다리밭에 봄시름을 역사하고
졸음이 가물거리는 들 아지랭이 깔리고

뻐꾸기

꽃 지고 살구 망울 남풍 먹고 부푸는 날
제비는 둥지 틀어 처마 밑으로 분주하고
뻐꾸기 사월을 덮어 산은 온통 떡갈잎

꽃상여

아랫마을 초상나면 웃뜸까지 일손 놓고
곡 소리 요령 소리 붉은 명정(銘旌) 우는 소리
실개천 산모롱이로 사라져 간 꽃상여

개울

비 끝에 앞개울이 정신 든 듯 되살아나
바늘 달궈 흰 낚시에 보릿짚 찌를 띄워
올리다 떨어뜨린 고기 지금토록 섭섭한

모깃불

곱삶이 열무김치 저녁 수저 놓고 나서
긴 하루 긁어 사른 모깃불은 풋풋하고
짚방석 길게 누우면 바로 거기 은하수

멱

상머슴 등짐만큼 한이 철렁 고인 봇물
고추만한 방울 달고 멱으로 하루를 감으면
뽕나무 그늘 밑으로 흙내음 같은 매미 소리

입동 무렵

해거름 텃논배미 보리갈이 두엄 냄새
참새떼 천근 시름 미루나무 서리 하늘
재실(齋室)집 볏가리 마당 사람인자 기러기 한 줄

술 조사

술 조사 나온 날은 눈짓 손짓 울을 넘어
온 이웃 겁을 먹고 치맛자락 술렁대며
나뭇간 헛간 장독대로 후둘거리는 종종걸음

해

참새떼 차일 치듯 수수밭에 내려 앉아
지는 해 끌어당겨 떠나가라 칭얼대면
떨치고 차마 못 넘어 엉거주춤 걸리고

소

초승달 살구나무 엷은 햇살 진눈개비
사랑채 쇠죽 가마 참나무 장작 타는 냄새
심심한 놋방울 소리 덕석 입고 눈감은 소

싸락눈

돌각담 초가 지붕 청솔가지 저녁 연기
언덕받이 느티나무 그 너머 기적 소리
산밑뜸 왕대밭 머리 해질 무렵 싸락눈

엿장수

숟가락총 대꼬바리 삼베 걸레 머리카락
아이들 설레거니 온 마을이 안 그럴까
엿장수 가위 소리가 짧은 해를 동강내고

해설

지사(志士)로서의 시인(詩人),
그 의미론과 형태론
- 정하경 시조의 의미 -

채 희 윤
광주여대 교수

1

   시를 읽는 행위는, 리꾀르의 말마따나 해석학적 행위이
다. 한 편의 시는 그가 갖는 의미를 설명해야 할 의무가
있고, 그러므로 그것은 우리에게 이해되고 감상된다는 단
순한 해석학적 세계에서 출발하자. 비단 하나의 시뿐 아니
라 풍경화 한 점, 금석문, 조각, 하다못해 기사문에 이르기
까지 모든 것은 개별적 의미라는 고유한 체계를 지녀야만
한다. 시뿐만 아니라 시인 역시 자신의 시작(詩作)에 대한
세계를 견고하게 말할 수 있을 때-물론 설명으로 보다
시로서-에 우리는 그를 일컬어 시인이라고 부르는 데에
주저함이 없을 것이다. 결국 모든 예술은 의미론적 가치를
지녀야만 비로소 그것의 존재 가치를 갖는다.

   정하경의 시조는 이러한 물음에서 시작해야 한다. 한

사람의 시조 시인으로서 당신에게 있어 시를 쓴다는 것의 의미는 무엇이냐고? 그의 시편 마디마디에 묻어 나오는 정서가 우리들로 하여금 "이 시인의 시작(詩作)"의 이유를 묻게 한다. 물론 개별 작가가 거둔 문학적 성과에 관련 없이 이러한 질문은 통용된다. 이, 또는 그 작가는 시를 쓰기 위해 인생을 산 것일까. 아니면 살기 위해 썼을까? 순환론적 오류이며, 매우 어리석은 질문일 수도 있지만 어떤 시인들, 특히 정하경이라는 시인의 참 세계를 알기 위해서는 이런 원론적이며 우매하게 보이는 질문은 함축적이면서 가치 있다고 본다. 그의 시에는 시작의 원칙과 그 가치를 묻는 자성적 질의와 응답이 많기 때문이다. 물론 매우 어눌하며, 소극적이기도 하지만 말이다.

원고 말미에 따른 연보에 의하면 거의 40여 년의 시작 기간을 통하여 그가 쓴 시는 모두 이것 뿐은 아닐 것이다. 사실 한 시인이 이 정도의 분량을 갖는 것도 어떤 의미에서는 위대할 수 있다. 예술은 양에 의해서라기보다는 질적 우수성으로 집약된다. 그러나 편집자의 의도이든 작가의 자선(自選)이든 원고에 묶여진 시야말로 시인을 가장 잘 드러낼 수 있다는 확신으로 내 앞에 던져졌기 때문이라 믿는다. 물론 이럴 경우 발생할 수 있는 오류 역시 상존하겠지만 그것은 앞에 말한 확신에 비하면 미미한 것이라 믿어도 좋을 것이다. 문학은 직관적 사유에서 비롯하며 그것은 설명될 수 없으나 옳은 것이라는 불문어귀를 옥조로 삼아서 말이다.

70여 편의 시를 정성스럽게 분류하여 나뉘었으나 그 가름 자체가 갖는 원칙과 분류된 시들의 공통적 특성을 잘 알 수 없어서 나는 크게 두 가지로 이야기하려고 한다. 더욱 세분화되고 정치한 분석과 연구에 의하면 더 나은 평가도 가능하겠지만 능력이 부족하여 이런 정도가 적당하다고 믿기 때문이다. 왜냐하면 적어도, 이 시를 제법 깊이 있게 읽은 독자 중의 하나이며, 문학을 하는 작가로서 내 입장에서 두 특성만으로도 정하경 시인의 세계를 조금이나마 살펴 볼 수 있을 것이라는 내심의 공감이 있기 때문이다.

정하경의 시조는 두 가지의 특징적 세계를 견지하고 있다. 첫째는 시인 본인에게 있어서 시란 무엇이냐, 아니 시 쓰기란 내게 무엇이냐는, 예술의 근원적 화두와 우리의 전통 시조형태라는 형식의 견고한 유지라는 측면에서의 데포르마씨옹 'Deformation'을 위한 시작 태도이다. 견고한 태도라는 관용적 단어들에 나는 좀 망설여진다. 과연 견고함이란 것이 무엇보다도 유연해야 하는 문학에 긍정적인 평가일까. 그렇지 않으면 부정적인 것인가.

전자의 경우에 시인 본인의 문학관에 관한 것이며, 후자의 경우 전통적 가락이나 음률을 어떻게 사용하며, 또 이 변화무쌍한 세상에서 시인으로서 적응하기 위하여 어떤 노력을 했었는가 하는 시인의 태도에 관한 것이다. 그것은 바로 시인 자신의 시조에 관한 입장을 알려주는 것이다. 즉 전자는 통시적인 문학 일반에 관한 작가의식이며 후자는 공시적 현재에 처한 우리 시조에 관한 통사론적인 자기 세계 구축이라고 살펴진다. 대다수의 그의 작품에는 이러한 양상들이 산견되어 나타나 있고, 그것들의 형상화를 위해 다양한 소재와 문체적 특징을 보여주고 있다. 시조에 대한 경외심마저 느껴지는 작가의 이러한 외길의 완고성은 그의 위치와 그의 시의 의미를 대변하고 있다고 보아도 무방하다.

2

정하경의 시조에서 우리가 가슴 여미며 배워야 할 것은 시인의 진정성이다. 그가 시작법 'versification'에 대하여 노래할 때, 그것은 좋은 시를 쓰고 싶다는 한 시인의 욕망뿐 아니라 그것을 통하여 삶의 방법, 진정한 자기 정체성의 발견 욕구와 함께, 앞으로 살아가야 할, 도가적 의미에서의 "도(道)"와 밀접하게 관련되어 있기 때문이다. 무엇보다 시인은 자신의 시를 통하여 부딪혀 있는 자기 세계의 문제를 전경화시키면서 그 속에 들어 있는 삶의 길을, 도를 깨우치려고 원망(願望)한다.

우리의 삶이 방법의 문제라고 할 때, 그의 시는 전도된 가치관, 일그러진 현상(現象), 불확실하지만 부정적으로 예견되는 미래 등등으로 자칫 모든 것을 사그라뜨리는 현재의 훼손된 가치를 자신은 극복해야 한다는 놀랍도록 힘겨운 자기 맹세를 고해(告解)하는 방법을 택한다. 그러므로 그의 적잖은 시는 그에게 기도문이며, 지금의 순수성을 지키겠다는 맹세이며, 노시인(老詩人)의 비망록(備忘錄)이 된다.

그러나 그의 비망록이 가치를 지니는 것은 그저 편년체적(編年體的)인 글이나 잡다한 일상을 기록한 것이 아니라 자칫 사라질지도 모르는 자신의 시적 순수성과 시작의 근본 동기를 반추하며 다잡아 나아가는 끈기와 의지력을 구유하고 있는 것이기에 의미 있다. 그것은 바로 우리들의 선비들의 지사적(志士的) 태도라고 볼 수 있다.

모든 예술적 장르는 결국 규범적 개념의 범주를 지니게 되는 바, 시조 역시 그렇다. 그러나 시조의 경우―여타의 민족 고유의 양식적 예술에서 보여지는 특질들과 같이― 가장 전통적 세계관을 보지(保持)하고 있어야 한다는 숙명이다. 그렇게 인정하면 우리의 시조 역시 우리 민족의 공통적 특질을 갖고 있어야 한다. 공통적 특질이니 자질(資質)이니 하는 것은 늘 그렇듯이 모호성을 전제해야만 수용될 수 있는 개념들이다. 이를테면 은근과 끈기라는 가장 보편적으로 우리들에게 인정되는 기질 역시 개연성의 문제이지 확실성의 문제는 아니다. 그 외의 우리들의 기층적 정서를 함의할 수 있는 특질이 '딸깍발이 정신'이다. 말하자면 냉수를 먹고도 이를 쑤시는 허위성과 타인에게서 나를 지키려는 자존정신이 그것일 것이다. 또 당대의 기득권 층의 질시와 경멸로부터의 스스로의 자기 소외로 버틴 수신(守身)과 지조(志操) 등은 특히 글을 쓰는 시인들에게는 마땅히 가져야 할 성분적 요소이다. 이것은 좋게 말해서 지사적 기질이며, 폄하하자면 소시민적 처세로 '지분수(知分數)'하는 행위이다. 문제는 이러한 전통들은 위로는 공경대부(公卿大夫)로부터 아래로는 노비들에 이르기까지 광범위하게 전개되어진 역사적 사실을 우리는 목도해 왔다.

이는 해설자 개인적 생각으로 오늘의 우리 시조 시인들에게 한번은 곱씹어보아야 할 매우 의미 있는 문제라고 생각한다. 전통적 시형(詩型), 전통적 우리 정신의 문학적 수임권(受任權)을 지닌 거의 유일한 장르가 시조이기 때문이다. 이는 결국 시조의 계승·발전이라는 측면에서 시조의 현대화와 동시에 세계화를 이룩해야 하는 것이 그들에게 부과되어 있는 책무이기 때문이다.

딸깍발이는 두 개의 정서적 세계를 갖는다. 그 하나가 지사성이며, 다른 하나는 소위 삐딱함으로 표현되는 반골적 성향이다. 그러기 때문에 이들은 곧고, 그 곧음을 지키기 위해서 만곡된 흐름을 바르게 하기 위해 대항하며, 그것을 숨기지 않는다. 그들에게 타협이란 몹시 낯선 단어들이며, 그런 정신으로는 이미 "딸깍발이"는 아니다. 그러므로 곡학아세(曲學阿世)나, 요령이라고 불리는 경거한 처세에서 멀어진다. 그것들은 곡선이며, 훼절이기 때문이다.

지사는 적어도, 지사라고 칭하는 사람들의 기질적 성향은 직선이라는 기하학적 용어를 사용해 일차적으로 규정될 수 있다. 물론 그 직선이 우리들이 보통 생각하는 똑바른 선을 의미하지는 않는다. 여기서 말해지는 직선이란, 옹이 지고 굴곡 져서 삐뚜름하게 보이지만 정정하게 서 있는 노송(老松)이라든지, 겨우 소유만 알기 위해 만들어 놓은 논이나 밭의 고랑 이랑들, 우리 여인네들의 흘러내린 듯한 치마선이라 할 때의 곧은 선을 말한다.

그렇다고 하더라도, 직선이란 근본적으로 두 개의 점을 잇는 가장 짧은 선분이라는 정의는 통용되어야 한다. 그것이 아무리 만곡(彎曲)으로 되었든지, 굽이굽이 뒤틀렸다고 하더라도 직선이라는 명칭 아래에서는 말이다. 즉 사물과 그 표상으로서의 의미는 은유와 환유라는 과정을 통과해야 하지만 될 수 있으면 가장 가깝게 인식되어져야 하고, 그럴수록 시는 그 생명력을 힘있게 소유하게 되는 것이다.

정하경 시인의 시조에는 그러한 직선, 지사성이 있다. 일견 보면 단순할 정도이지만 그의 시조에는 지사적 세계를 향해 사다리를 오르는 시인의 자부심과 시인의 세계관이 고스란히 담겨져 있다. 지사주의를 가능케 하는 것은 다른 방편(方便)에 대한 외면이나 거부가 그의 시에 표나게 많이 나타나 있는 것으로 설명된다. 그리하여 "마음문 열어 산들바람 일으켜" 보았다가는 "그 화살이" "마침내

도로 날아와 제 가슴 꽂힌다는/ 번연히 아는 이치를 곁에
놓아 두"게 되는 것이다.

때로는 그 격절함이 주체하지 못할 정도로 강해 도가적
선(禪)을 찾아 헤메이게도 한다. '그승'이라는 조어(造語)를
만들어 현재의 삶과 추구하는 삶 사이의 끼어 있는 존재
로서 나의 정체성을 찾기 위해 발버둥치는 자신의 모습을
"갖은 험난 헤치면서 어딜 가려 그랬던가"하며 읊기도 한
다. 부메랑처럼 고지를 향해서 오르기는 하지만 여전히 현
상에 매어 있는 자신을 향해 "이 뭣고"하며 갈(碣)하고 외
치기도 한다. 이는 시인이 머리를 깎고 면벽을 하겠다는
것이 아니며, 제복(祭服) 속에 자신을 모두 가라앉히겠다
는 것은 아니다. 그렇다면 이는 그야말로 선시(禪詩)가 되
며 그야말로 찬송(讚頌)이 되는 것이다. 시인의 몸부림은
그런 것에 있지 않다. 시인이 찾으려고 하는 열반은 시를
통해 이룩하고자 하는 시인의 길이다. 비교적 그의 만년의
작품 「팽이」나 「시인의 길」에는 그러한 시인의 치열한 자
기 검열, 자기 성찰이 넉넉하게 깃들어 있다.

치지 않고 두어 두면
시나브로 게을러져

타성처럼 조금 돌다
그 자리에 누워 버린다

(…중략…)

추상같이 후려치는
매정한 회초리야

그것이 저를 가누는
새로운 힘 되는 걸.

—「팽이」

그렇다 시인이여
낯익은 길 거부하라

네 마음 황폐하여
잡초밭 안 되려거든

치열한 구도(求道)의 자세로
새길만을 가야한다.

—「시인의 길」 부분

　정하경은 시인의 밖에 존재하는 모든 것들과 시인의 관계를 단순화시키고, 그것이 바로 시를 쓰는 자세라는 것을 보여주고 있다. 그에게는 시와 관계되지 않은 모든 사물들은 의미 없는 것일 뿐이다. 그래서 그는 아기, 소년 등과

같이 세상의 오염으로부터 멀리 떨어져 있는 상대적 상관
물을 차용한다.

　대상을 순수화시키는 방법으로 그가 자주 동원한 것은
대상 자체의 순수성의 우선이다. 그러므로 그의 시 「산천
무심(山川無心)」에 가득한 고향의 정취나, 자연 그대로 모
습을 지닌, 보잘것없고 하찮은 것들 속에 깃든 순화된 생
명력으로 살핀 「야산」은 그가 얼마나 오예의 토양으로부
터 정화되기를 바라는 가를 직접적으로 보여준다. 그래서
동파 소식(蘇軾)의 "차운정혜수흠장로견기(次韻定慧守欽
長老見寄) 팔수(八首)"까지 동원한다. 이 시는 소동파가
한산시 십 수를 보고 거기에 답하여 붙인 시로서 그가 얼
마나 전원과 은일(隱逸)을 부러워했는가를 보여주는 것이
다. 그대로 존재함이, 자신의 시도 옛 시조처럼 변함없이
써지면서도 시격(詩格)을 유지해야 하겠다는 단호한 목소
리가 담겨져 있음을 알 수 있다.

　시인의 자기 계발은 자기 갱신은 거기에서 멈추지 않는
다. 「산천무심」, 「계절의 징검다리」 등의 옴니버스식 연시
조에서 볼 수 있듯이 대상과 자아, 자아와 타자의 바뀐 입
장－활유법으로 나타난－은 결국 시인의 사적인 동경(憧
憬)이라기 보다는 생태학적 존재로서 인간의 가치를 어디
에 두어야 하느냐에까지 이르고 있다. 시를 쓰기 위해 사
는 사람과 사람이 되기 위해 시를 쓰는 시인 중에 정하경
의 좌표는 어디인가를 보여준다.

그의 시의 「해조(諧調)」는 눌변으로 위장된 투명한 서
정의 빛깔이다. 이는 「나비의 꿈」에서 뚜렷하게 보여주는
정서로서 구체화된다. 유명한 도가의 지표적 상징으로서 「
장자의 꿈」을 패러디한 이 작품은 인생이 뭐냐를 논하는
체험과 경륜의 장자에서 삶이 뭘까를 꿈꾸는 소년으로 체
험자를 끌어내리며 모색상태에 있는 순수한 존재로서의
시인의 자아를 투영시키고 있다. 물론 이럴 때, 시적 화자,
시적 인물의 주체화가 시인으로 주관화·내면화 될 때에
시적 세계의 확충과 자기 세계의 표출이 더욱 분명해진다
는 점은 아쉬운 일이다. 이러한 것은 「금붕어」에서도 마찬
가지이다. 대상으로부터 주체의 이동을 시인은 설명하지
못하고 있다. 그러나 사실 그는 설명할 까닭이 없기 때문
에 하지 않는다. 그래서 그의 시는 달변이 아니라 눌변이
며, 눌변이란 생략만큼 넓어지는 자성에의 욕구 때문이다.
　그의 신변잡사에 관한 시적 성취는 그리 높지 않은 것
은 이와 같이 근원적으로 높을 수가 없는 그의 성향에 기
인한 것이다. 그렇다. 지사(志士)는 말을 많이 하지 않는
다. 그들은 행동과 침묵으로 자신의 철학을 대변한다. 진
상과 허상의 차이를 그는 꿰뚫어 알기 때문이다. 다변은
자기 감추기의 전초적 행위이다. 그것은 화장과 같다. 지
사는 맨 얼굴이다. 그들은 내적 결핍에 대한 송구함을 느
끼지 외면적 생활과는 무관하다. 그래서 물을 마시고도 이
를 쑤시며, 비오는 날의 짚신에도 부끄러워하지 않는다.

그래서 "멀리서 바라볼 젠 꿈결 같던 바닷가가/ (…중략…)/ 발목이 푹푹 빠지는 시궁인지 갯벌인지"를 흐릿하게 한다. 그것도 급기야 "낯익어 알게 되니 별수없는 보통 사람/ 한 겹 더 헤집어 들면 어떤 곡절 지녔을지" 하며 애닲아 한다. 그의 진면목을 아는 게 슬픈 것이 아니라 그가 알아서 절망하게 될 자신에 대한 슬픔 때문이다. 진상과 허상에서 발견된 사물과 인간에의 진상은 시인에게 끔찍한 현실 "악다구니이며, 싸움박질 그것"일 뿐이다.

결국 정경하 시조의 의미론적 가치는 지사적 정신에의 향일성과 그것에서 자신의 정체성을 지키며, 더 정신적 세계로 이행하려고 노력하는 우리 시대의 보기 드문 "딸깍발이" 선비의 삶의 모습을 보여주는 데에 있다고 할 수 있을 것이다. 즉, 지사성과 반골성으로, 그의 직선(直線)은 급(急)만 아니라 완(緩)이며, 그러므로 대상과 "나"의 객관적 구별이 가능하게 된다. 주정, 서정이 근원인 시의 세계에서 이것은 약점인 동시에 드문 재산이라고 본다.

3

이러한 정하경의 고집은 그의 시적 형태에서도 나타난다. 시의 형태적 변화를 거의 찾을 수 없다는 것이 그의 시세계의 또 다른 특징이다. 그의 시형은 대부분은 전통적 형태—자수와 음보에 있어서—를 구유하고 있다. 필자가 받아본 원고 중에서 사설시조가 단 한 편도 없다는 데에서 그의 고집스러운 일면을 엿볼 수 있다. 그러나 연시조나 위에서 살짝 언급한 소제목을 가진 단시조를 옴니버스식으로 묶어 하나의 작품으로 내어놓은 것이 형태적 변형의 최대한이다. 이런 양상은 일종의 개성으로서 시인을 고찰하기에 매우 중요한 변별적 요소이다. 아마 그는 소위 현대시조라는 이름 아래서 지나치게 훼절되는 고시조의 형태를 몹시 못마땅하게 생각하고 있는 것이 아닐까. 그래서 정하경은 고시조의 형태를 견지하는 글쓰기를 하고 있지 않을까.

시조는 시와 다르지 않다는 말은 중언부언이고 어리석은 말 일게다. 그러나 시조는 시와는 다른 범주적 개념을 갖는다. 그것 중의 하나가 필경은 형태에서 비롯되는 것이다. 결론적으로 말하자면 시조는 자유시가 향유하는 언어적 방임에서는 결코 자유롭지 못하다. 이는 새겨둘 만한 것이다. 무릇 문학의 발전은―모든 예술의 발전사 역시 증명해오는 바이지만―이전 형태의 틀을 깨뜨리고 생겨나는 것이다. 이는 시조 역시 걸쳐온 바 그대로이다. 그래서 새로운 형태의 시조, 아니 시조를 새롭게 변모시키려는 의욕 넘치는 젊은 작가들에게 형태의 변화는 거의 숙명적 과제이기도 하다. 형태란 다른 어느 속성보다 문학에 있어서 배타적 양태이다. 그것은 장르 구별의 첫 준거이기 때문이다. 하나의 장르는 더 이상 다른 장르적 특징은 허락하지 않은 것이다.

정하경의 시에는 우리 고유의 시적 가락이 배어있다. 위에서 밝힌 대로 변화라고 하는 것이 있다면 그는 '전통이 허락하는 한'에 있어서의 데포르마씨옹이다. 혁신적 변화라는 것은 그의 시에는 존재하지 않는다. 시조가 갖는 고유한 형태미 아래서, 그 틀을 저해하지 않고 조심스럽게 옷을 갈아입어 보는 것뿐이다. 결론적으로 말해 그는 시조의 정형성적 세계에서 뿌리내리고 자신의 시관에서 허락한 선에서 멈추고 마는 온건주의자이며 소심한 선비의 그것일 뿐이다. 그래서 그의 시의 독특한 수사적 방법은 무모할 정도로 과감한 생략법과 도치법이며, 그것으로부터 파생된 의미론적 설의형태(設疑形態)로 인한 정서의 확연이나, 이제 거의 사용하지 않은 고어나 사어가 된 언어들을 새로운 의식으로 재활용하는 우리가 눈 여겨 보아야 할 몹시 가치 있는 작업이다.

형태란 단순히 양상(Modality)의 바뀜만은 아니다. 형식의 변화가 문제가 되는 것은 그것이 연속성을 가지고, 같은 양상으로 써질 때, 그것은 그 시인의 문체적 특성을 의미하게 된다. 그럼으로써 그것은 언어의 특징적 사용이 되며, 그것이야말로 사고과정을 구축하는 언어적 요소인 동시에 역으로 말해서 사고 내용 및 인식론적 성향의 언어적 반영이며, 그의 의식의 표현이기 때문이다.

정하경이 그러한 양식적 특성을 지니고 있다는 것은 그것이 정하경 시인의 시적 의식을 지배하고 있는 것이며,

세계를 안으로 품어 이미지화하는 시작업의 근원적 소원
일 것이기 때문이다. 도대체 이 시인이 그렇게 정형성에서
한발자국도 움직이지 않으려고 한 것은 무엇일까. 그의 시
「두루마기를 입고」에는 내용상의 의고주의(擬古主義) 성
향이 잘 나타나 있다.

> 내 초로(初老)의 영마루에
> 진솔두루마기 차려 입고
>
> 얼마쯤 남은 수스러움과
> 팔을 끼고 걷는다.
>
> 갈수록 자라는 도시
> 날로 소모하는 자신
>
> 바람하고 마주서서
> 나부끼는 옷고름에
>
> 그 어른 숨결이 어려
> 살을 파고듦이여.

　시인은 매우 나이 먹은 오늘, 그것도 두루마기를 입고
서야 비로소 아버지로 형상화된 세월의 삶의 의미를 구체

적으로 느끼게 되는 것이다. 그에게는 현재, 미래 등의 변화하는 세상은 자신을 소모케 하는 것에 불과할 뿐이다. 그래서 그는 "하회소견"에서 조차 낙동강의 굽이침도 "그 어른의 기침 소리에서"기인하는 것으로, "그 대청 마루 무엄하게 차지하고" 하며, 선인들을 의고하고 있는 것이다. 나아가서 그는 "순하게/ 엎드려 천년/ 우리 마을 야산은" 하며, 역사를 지나쳐 온 것이면 비록 산하라도 숭배의 대상을 삼아야 직성이 풀리는 시인인 것이다. 이는 얼마만큼 그의 시조가 우리의 전통적 정형성을 바탕으로 삼아 우리 시조의 결을 살리려고 노력했던 것을 단적으로 보여주고 있다. 이는 단순히 낡은 것, 또는 의고주의라고 단언할 수 없다. 시인이 그러한 것을 노린 것은 또 다른 인식에서 일 것이다. 도대체 그러한 것은 어디서 발원하고, 그것의 궁극적 의미는 무엇일까.

언어적 단위는 위치에 따라서 그것이 얻어지는 효과는 몹시 다르다. 특히 언어를 조탁(彫琢)하는 시인들에게 비유(比喩)의 적절한 사용이야말로 한편의 시를 걸작으로도 범작으로도 만들 수 있기에, 그들은 언어와 투쟁하며, 언어와 화의(和議)하는 자들이다. 그러므로 그들에게 언어의 사용은 각별한 의미를 갖는다.

또, 시인들은 확고한 자기 신념 아래에서 언어를 구사하기 때문에, 품사 하나, 문장의 순서 하나 하나에 모두 특별한 가치를 부여하는 자들이다. 그러한 시인이 표나게

자주 사용하는 기법이나 특별한 어휘들은 그의 작품의 면
모를 살피는 데에 있어 매우 유용한 도구가 된다. 그러한
것이 바로 시인의 의식, 시의 존재 의미, 주지(主旨) 등을
결정하는 것이기 때문이다.

　정하경의 시의 주도적 양상인 생략과 도치법은 그런 이
유로 충분한 의미를 지닌다. 이 둘은 사실 그의 시의 전략
적 기교라고 말할 수 있다. 즉 그는 무엇보다 자주 생략과
도치법을 원용하는 데, 이는 정하경 시의 문법이라고 말할
수 있다.

　　깨물어 주고 싶어라 거짓이란 모르는

　　　　　　　　　　　　　　　　　　　　　　　　─「아기」

　　저토록 생생할 수가 노을 아래 신도시가

　　　　　　　　　　　　　　　　　　　　　　　　─「태풍 뒤」

　　있는 죄 없는 죄 와락 스멀댄다 등골을

　　　　　　　　　　　　　　　　　　─「산문(山門)을 서성이며」

　　순하게 / 엎드려 천년/ 우리 마을 야산은

　　　　　　　　　　　　　　　　　　　　　　　─「야산(野山)」

　일반적으로 도치법은 치환 형태의 수사법이다. 치환은

어휘들의 위치를 바꿔줌으로써 해당되는 의미를 강조하고, 정서의 변화를 꾀하는 기법이다. 그러나 도대체 왜 이 시인은 강조를 위한 방법으로 도치법을 택했는가는 그의 시에 나타난 도치법의 다양함에서 느낄 수 있다. 우리가 도치법을 통해 얻으려는 기대 효과는 통사론적 위치 변화로 인한 시행에서의 의미의 긴장 상태이다. 갑자기 일상적 문법 규칙을 깨뜨리면서 자동화된 우리들의 이해 체계에 균열을 일으킨다. 관습적이던 우리들의 기억 회로는 해석적 코드를 상실하고, 그 덕분에 시의 이해를 획득하려는 뇌의 반사적 활동이 시작됨으로써 시는 새로운 의미를 얻든지, 아니면 적어도 비일상적이라는 정서적 반응을 만들어 내게 된다. 즉 관습적인 독자의 기대 지평에 균열이 되며, 균열은 곧바로 긴장을 일으키는 것이 도치의 보편적 매카니즘이기 때문이다. 이러는 과정 중에 시는 본질적으로 언어의 긴장을 유발시켜 독자에게 정서적 변환을 꾀하기 위한 작시(作詩)의 전략이다. 사실 긴장 없는 시는 느슨한 산문처럼 어설플 수밖에 없다.

다른 하나로 그에게 도치법은 음수율이라는 정형시로서의 시조가 갖는 근원적 고착성과의 관련이 있다. 결론적으로 말해서 그는 시조의 고유한 음보를 살리면서 자신의 의미를 강조하기 위하여 도치법이라는 수사법을 사용한다. 주로 시의 통사론(統辭論)은 운율에 기초한 분절이다. 운율을 위해서 모든 시인들은 시행과 시연을 조정하며, 그렇게 함으로써 시의 운율성을 확보하게 된다. 정하경에 있어서 도치법은 비로 우리 시조의 고유의 음수율과 형태론을 위해 사용했다.

> 순종(順從)을/ 손에 챙겨들고/ 물결친다 거리로
>
> — 「우산」

> 올리다 떨어뜨린 고기 지금토록 섭섭한
>
> — 「마을」

> 세월이 무료할세라 가슴에단 수심을
>
> — 「우수(憂愁)」

> 느긋한 그림자 데리고 산자락으로 발길을
>
> — 「미량(微凉)」

형태적 정형성을 지닌 시조는 더 많은 제약을 지닌 통사론을 지닌다. 그래서 대다수의 시조 시인들은 매우 다양한 생략을 과감할 정도로 힘껏 끌어들인다. 더구나 정하경 시인처럼 고유한 시조의 결을 살려야 하는 것을 목적으로 삼는 시인들에게 있어서는 더욱 그렇다. 정형시, 서양의 리듬이나 음보에 의존하는 시들과 달리 자수의 음보에 의지하는 우리 시조에 있어서 생략은 시조 창작 방법론 중의 매우 중요한 기교였을 것이다. 이 시인은 조사나 관형격 어미 탈락 등의 일반적 생략은 물론 무모하달 정도의 과감한 주어나 서술어마저도 가차없이 생략한다. 즉 작가의 생각으로 이해가 가능하리라고 믿는, 최소한의 의미만을 알릴 수 있다면 충분하다는 의도적 생략이다.

생략은 필연적으로 부족한 부분은 보완해야만 비로소 마음을 놓는 우리들의 습관에 공백을 만들고, 그것 속에 어느 것이 정확한 것일까에 대한 부정성(否定性)의 생리학이다. 비워 있는 공간은 채울 것이 없어서가 아니라, 가장 적당하게 채워야 하는 것이 무엇일까에 대한 미정(未定)의 결핍을 준다. 결핍은 욕구를 움직이며, 우리는 욕망을 극대화시킨다. 그럼으로 생략은 정서의 공백화 현상을 일으키며, 다양한 것을 동원하여 채워야 하는 독자들의 욕망을 불러 일으켜 그 시의 세계 속으로 유인해 가는 속성을 지닌다. 그것은 시속의 몰입을 요구하며, 우리는 그 시에 대하여 더 많은 이해를 주문 받게 되고, 그에 응락할 수밖에 없다.

정하경의 도치와 생략은 공교하게 만들어진 형태론적 설의와 결합하여 시너지를 갖는다. 도치와 생략은 의미의 부정성과 정서에 대한 결핍을 유발한다. 그리고 이들은 의미로는 결핍이며, 정서로는 활동중이며, 고착되어지지 않음으로써 일종의 부족함이다. 그러므로 그들은 설의적 문장기교와 동일한 지평을 갖게 된다. 왜냐하며 설의법은 의문이며, 의문은 불만족한 상태이기에 당연하게 해답을 요구한다. 설의(設疑)는 청유하며, 또한 그것으로 정서의 확대와 연장을 꾀한다. 그것은 완벽한 체계가 아니기에 다른 문장적 질서를 요구하며 동시에 정확한 의미 고착을 욕망 한다. 그것이 정하경 시조의 형태론적 미학이다.

다시 말하자면 정하경은 도치법을 통한 형태적으로 생략법을 사용하여 시조의 고유한 음수율에서 일관되게 전통적 시형을 유지할 수 있었고, 의미론적으로는 시적 긴장을 부여하는 이중의 목적을 달성하려고 했다. 사실 그의 이러한 기법은 우리 시조의 발전의 가능성이라는 데에서 깊이 반성케 하는 기재(機材)일 수 있다. 더구나 이렇게 가능한 변화가 허용하는 부면에 있어서 시적 변용을 꾀하려고 한 그의 시는 분명 우리 시조사에 의미 있는 자리에 놓아 두어도 좋으리라 믿는다.

정하경 연보

1927년 충청남도 부여군 은산면 내지리에서 부(父) 명수(明秀),
    모(母) 박수동(朴秀東)의 2남 1녀 중 장남으로 출생. 본
    관 동래(東萊). 조부 금천(錦川) 운익(雲翼)으로부터 한
    문 수학. 홍승순(洪承順)과 결혼하여 4남 3녀를 둠.

1944년 대전사범학교 강습과 졸업.

1956년 중학교, 고등학교 교원시험 합격.

1958~93년 홍성(洪城), 온양(溫陽), 경동(京東), 경복(景福) 등 고
    등학교에서 국어교사로 재직함.

1962년 「낮」「낚」

1963년 「임진강 가에서」

1964년 「낭화(浪花)」

1965년 서울신문 신춘문예 시조부에 「不毛의 거리에서」 당선 (이
    은상 선).
    「不毛의 거리에서」

1966년 경복중학교 교사로 임명되어 서울로 이주함.

1966~78년 문교부 교육과정 심의위원을 위촉받음.

1967년 「호수」「귀뚜라미」「빗소리」「코스모스」

1968년 「집사람 이련(異聯)」「개나리」

1973년 「어느 해 가을 그리고 달밤」.「귀로(歸路)」

1976년 「동매(冬梅)」「추석에」

1977년 「거미 소고(小考)」

1982년 「호수로 누워」「점 하나 여기 찍고」

1984년 「무대에 올라」「춘향 소묘 구름처럼」「무대에 올라」「춘
       향 소묘」「구름처럼」

1985년 「두루마기를 입고」「아침 버섯」「와사를 앓으며」「무한
       향사」

1986년 「잠을 놓치고」「우산」「받아 놓은 은총」「함박눈을 보며」

1987년 「인왕(仁旺)으로 서서」「치사한 비」「야산(野山)」「양로
       원에서」
       시조집 『인왕(仁旺)으로 서서』 출간. (이상의 작품은 시
       조집 『인왕으로 서서』에 수록된 것임).
       「가여운 지성(至誠)을 밝혀」(신동아) 「장마철에」(시조문
       학)

1988년 「나비의 꿈」(현대문학) 「시냇물」(시조생활)

1990년 현대시조문학상 받음.
       「오리」(시조생활)

1991년 「오붓한 오후 한 때」(현대시조) 「건강법」(현대시조) 「아파
       트」(시조문학) 「손수운전」(월간문학) 「모과차를 들며」
       「산천무심(山川無心)」(시조문학)

1992년 「기다림이 기다리는」「탁구」(시조문학)

1993년 교직에서 정년 퇴직하고, 국민훈장 동백장 받음.
       「다시 못 볼 얼굴들」(한국시) 「무심치 않은 무심」(가람문
       학). 「꿈 많고 잠 얕은 밤」(한국시조) 「반복법 연(鳶)」(시
       조생활) 「산문(山門)을 서성이며」(시조생활)

1994년 「라면을 끓이며」(시조문학) 「속셈학원 앞에서」 「산」

1995년 「얼굴」 「미량(微凉)」(시조생활) 「쬐끄만 사랑」(현대시
조) 「물리」 「그승에서 그런 것」(시조생활) 「술」(시조생활)
「금붕어」(시조생활) 「눈뜨고 빠끔히」(시조생활)

1996년 「이 뭣고」(시조생활) 「계절의 징검다리」(현대시조) 「철마
는 달리고 싶다」 「태풍 뒤」(문예사조) 「자연」(문학춘추)
「민들레」(문학춘추) 「잠」(시조문학) 「소형사고」(현대시조)

1997년 「나는」(열린시조) 「알고 보니」(열린시조) 「돈으로 논지하
면」 「유월에」(열린시조) 「해방」(현대시조) 「팽이」 「코스
모스를 보며」(현대시조)

1998년 「시인의 길」(시조생활) 「아기」(시조생활) 「가을에」(현대시
조) 「안방」(현대시조)

참고문헌

이은상, 「쓰라린 말 없는 반항」, 『서울신문』, 1965.

장순하, 「가슴으로 쓰는 시조」, 『시문학』, 1977.

이우종, 「불모의 거리에서」, 『한국현대시조시의 이해』, 1980.

이우종, 「거미소고」, 『한국현대시조시의 이해』, 1980.

장순하, 「정하경의 경우」, 『현대문학』, 1988.

이상범, 「낮은 새로움과 힘」, 『월간문학』, 1988.

박재삼, 「현대시조문학상 심사 경위」, 『현대시조』, 1990.

이우종, 「본질회귀에의 정신」, 『월간문학』, 1991.

조주환, 「다원화 사회에서의 작가와 독자」, 『시조문학』, 1995.

이지엽, 「예각화한 직관과 해석」, 『열린시조』, 1997.